Edition Paashaas Verlag

AF287667

Die im Buch veröffentlichten Ratschläge wurden von der Verfasserin sorgfältig erarbeitet und geprüft. Eine Garantie kann dennoch nicht übernommen werden; ebenso ist eine Haftung der Verfasserin bzw. des Verlages und seiner Beauftragten für Personen-, Sach- und Vermögensschäden ausgeschlossen. Namen und Begebenheiten in den Geschichten sind frei erfunden. Ähnlichkeiten mit lebenden Personen und tatsächlichen Begebenheiten sind nicht beabsichtigt, sondern rein zufällig.

Krimiparty
Sonderausgabe 5

Spargelsilvester

Autor: Cornelia H.-Müller
Cover-Motiv: Cornelia Herbertz-Müller
Bilder Spargel: Thommy Weiss / pixelio.de
Cover designed by Michael Frädrich
Edition Paashaas Verlag, www.verlag-epv.de
ISBN: 978-3-942614-71-9
Printed: BoD, Norderstedt
Neuerscheinung März 2014

Die Deutsche Nationalbibliothek verzeichnet diese Publikationen
in der Deutschen Nationalbibliografie; detaillierte bibliografische
Daten sind im Internet über http://dnb.d-nb.de abrufbar.

Inhaltsverzeichnis

Einleitung

Mithilfe dieses Buches können Sie zu Hause gemeinsam mit Ihren Familienmitgliedern und Gästen auf Tätersuche gehen. Sie tauchen ein in einen spannenden Mordfall, ermitteln, befragen und bewerten Tatsachen und Aussagen.

Dabei werden von niemandem schauspielerische Fähigkeiten verlangt. Sie sitzen mit Ihren Mitspielern in gemütlicher Runde beisammen und versuchen gemeinsam, dem Täter auf die Spur zu kommen!

Zu diesem Krimi gibt es eine Geschichte des Verbrechens, die in der Runde vorgelesen wird und darüber informiert, was passiert ist, sowie Rollenbeschreibungen für alle Mitspieler und eine schlüssige Auflösung.

Der Krimi ist so angelegt, dass in einem Raum ermittelt wird. Ob Sie also im Wohnzimmer oder im Freien während eines Grillfestes versuchen, mit Ihren Gästen den Fall zu lösen, spielt keine Rolle.

Das Buch ist mit dem Internet gekoppelt.
Das benötigte Zubehör können Sie ganz einfach herunterladen und ausdrucken. Einladungen, Namensschilder, Kurztexte und Rollentexte finden Sie auf:

http://www.verlag-epv.de im Bereich Download Krimiparty.
Ihre Zugangsdaten lauten:
Benutzername: krimiparty
Passwort: hmueller11

So funktioniert ein Mitspielkrimi!
Erklärungen zur Durchführung

Lesen Sie die Grundgeschichte und die dazu gehörenden Rollen bitte gründlich durch. Überlegen Sie, welcher Mitspieler welche Rolle übernehmen soll. Es ist kein Problem, wenn einmal eine Dame eine Herrenrolle übernimmt oder umgekehrt. Wenn Sie allerdings auch mit ermitteln wollen, ohne zu wissen, wer der Täter ist, vergeben Sie die Rollen blind und lesen Sie keinesfalls die Auflösung durch. Auf diese Weise werden auch Sie als Gastgeber zum "echten" Ermittler.

Haben Sie einen Internet-Anschluss? Dann können Sie unter **www.verlag-epv.de** die einzelnen Rollen für Ihre Gäste herunterladen und ausdrucken. Sollten Sie diese Möglichkeit nicht haben, kopieren Sie sie aus dem Buch.

Die Rollentexte werden erst am Abend selbst an die Mitspieler vergeben. Versenden Sie sie bitte nicht mit der Einladung.

Bereiten Sie Namensschilder mit den Rollennamen für Ihre Gäste vor, diese werden am Spielabend mit einem Klebestreifen oder Klämmerchen für alle sichtbar angeheftet. Auch diese sind im Internet zum Download hinterlegt.

Drucken Sie die Kurzbeschreibung und den Lageplan für Ihre Gäste aus. Wenn möglich, drucken oder fotokopieren Sie für jeden Gast eine Kurzbeschreibung, sie erleichtert den Einstieg und hilft, sich die neuen Spiel-Namen zu merken. Bei dem Lageplan genügt es, jeweils einen bis zwei pro Tisch auszulegen.

Der Spielablauf

Ihre Gäste werden sicher schon sehr gespannt sein, was sie erwartet. Damit Ihr Krimiabend zum Erfolg wird, noch folgende Tipps:

Schaffen Sie eine gemütliche Atmosphäre und vermeiden Sie zu helles Licht. Stellen Sie Kerzen oder kleine Lichter auf; dies schafft den richtigen Rahmen. Legen Sie bitte für jeden Gast Papier und Stift bereit. Notizen zur Geschichte und zu den einzelnen Aussagen der Mitspieler sind wichtige Stützen bei der Ermittlungsarbeit. Halten Sie bitte auch für jeden Gast die ausgedruckte Kurzbeschreibung des Falles bereit.

Haben Sie ein Abendessen für Ihre Gäste vorgesehen?

Dann dekorieren Sie die Kurzbeschreibungen und ein paar Lagepläne mit auf der Tafel. Sie werden feststellen, dass es bereits beim Lesen dieser Information rege Gespräche und Verdächtigungen gibt. Wenn sich die Gäste untereinander noch nicht kennen, dient die Kurzbeschreibung ganz wunderbar als Eisbrecher.

Wenn Sie ein Menü mit mehreren Gängen servieren, gehen Sie wie folgt vor:

Verteilen Sie vor der Vorspeise die Namensschilder. Jeder Gast weiß nun, wen er heute Abend charakterlich vertritt.

Lesen Sie nach der Vorspeise den ersten Teil der Geschichte vor. Es ist in der Geschichte vermerkt, an welcher Stelle die Lesung unterbrochen werden kann, um den Hauptgang zu genießen. Auf diese Weise wird Ihr Abend zu einem richtigen Krimidinner.

Nach dem Hauptgang lesen Sie den Rest der Geschichte vor.

Erst danach erhält jeder Gast seine persönliche Rolle, die aus Vorstellungstext und Geheimtext besteht. Diese Texte werden nun von den Mitspielern gründlich und vor allem diskret studiert. Wenn alle Gäste soweit sind und ihre Rolle gelesen haben, beginnt die Vorstellungsrunde. Alle Mitspieler lesen reihum ihren Vorstellungstext vor.

Der geheime Text enthält weitere Informationen und ergänzt die Geschichte; er wird nicht vorgelesen, sondern bietet Hintergrundideen, die jede einzelne Person zum Ermitteln benötigt und dann nach eigenem Geschick in die Ermittlungen einbringen kann. Der Mörder erfährt in seinem Geheimtext auch, dass er der Täter ist.

Nach der Vorstellungsrunde beginnen die Ermittlungen; durch Vorstellungs- und Geheimtext ergeben sich viele Fragen, die nun gestellt und beantwortet werden.

Lügen, darauf sollten Sie Ihre Gäste noch einmal hinweisen, darf wirklich nur der Täter. Alle anderen müssen sich nahe an der Wahrheit orientieren.

Wenn die Ermittlungen abgeschlossen sind, verteilen Sie Zettel, wo jeder seinen Namen und seinen Täterverdacht aufschreiben kann. Sammeln Sie die Zettel ein. Danach servieren Sie, wenn es vorgesehen ist, das Dessert.

Zum Abschluss lesen Sie als Gastgeber die Auflösung des Falles vor. Erst jetzt darf sich der Täter zu erkennen geben!

Geben Sie bekannt, wie viele anhand der eingesammelten Zettel den richtigen Täter ermittelt haben – eventuell machen Sie daraus sogar ein kleines Gewinnspiel, indem Sie etwas verlosen. Das sorgt sicher noch einmal für viel Spaß.

Wenn Sie kein Abendessen, sondern nur einen kleinen Snack planen, gehen Sie wie folgt vor:

- Begrüßung der Gäste und Verteilung der Namensschilder und der Kurzbeschreibung

- Verteilung von Papier und Bleistift für Notizen

- Vorlesen der Grundgeschichte

- Verteilen der Rollentexte

- diskretes Studieren der Rollentexte

- Vorstellungsrunde

- Ermittlungen

- Täterverdacht aufschreiben lassen

- Verlesen der Auflösung

- Bekanntgabe, wer richtig geraten hat - und wenn es vorgesehen ist, Ziehung des Gewinners

Häufig gestellten Fragen zur Durchführung:

Frage: Weiß der Mörder, dass er der Täter ist?
Antwort: Ja, dies steht ausdrücklich im Geheimtext seiner Rolle.

Frage: Dürfen die Gäste schummeln und flunkern?
Antwort: Nur der Mörder darf dies tun. Die anderen sollten sich nahe an der Wahrheit orientieren.

Frage. Ich habe mehr Gäste als Rollen. Was nun?
Antwort: Wir haben in der Geschichte sogenannte Gastrollen vorgesehen. Wenn es heißt: 7-10 Mitspieler, gibt es 7 größere Rollen und 3 kleinere Gastrollen. Die größeren Rollen müssen, die Gastrollen können besetzt werden.

Sollten Sie die doppelte Anzahl Gäste haben, können Sie an 2 Tischen gleichzeitig spielen. Bereiten Sie Rollen und Zubehör zweimal vor, lesen Sie die Geschichte zentral vor und ermitteln Sie danach an 2 Tischen. Sie werden sehen, dass auch dies reibungslos funktioniert. Vermutlich werden die Tische zu ganz unterschiedlichen Ergebnissen kommen; es kommt immer ganz darauf an, wie sich die einzelnen Mitspieler verhalten.

Frage: Müssen alle Gäste ungefähr gleich alt sein?
Antwort: Nein. Wir haben in unseren Testrunden mit Personen jeden Alters in gemischten Gruppen gespielt. Unsere Mitspieler waren von 16 bis 80 Jahre alt, und allen hat es großen Spaß bereitet!

Frage: Muss alles aus dem Vorstellungstext auch vorgetragen werden?
Antwort: Ja, der Text der Vorstellungsrunde ist so angelegt, dass er wichtige Informationen gibt, ohne die die Ermittlungen rasch langweilig werden.

Frage: Meine Frage war hier nicht aufgeführt; ich benötige Hilfe.
Antwort: Wenden Sie sich bitte an
glashauskrimi@glashauskrimi.de
und schreiben Sie der Autorin eine Mail. Sie wird Ihnen alle anstehenden Fragen zum Gelingen Ihrer privaten Krimiparty gerne beantworten.

Die Einladung

Wenn Sie Ihre Gäste schriftlich einladen wollen, können Sie z. B. diesen Text als Vorlage nutzen. Im Internet finden Sie eine vorbereitete Einladung, die Sie ausdrucken können.

Einladung zur Krimiparty
Tatort: _____

Die Ermittlungen beginnen am _____

um _____ Uhr.

Für das leibliche Wohl ist ebenso gesorgt, wie für spannende Unterhaltung, denn es gibt tatsächlich einen Mord aufzuklären. Klar, dass wir dabei deine/eure Unterstützung benötigen.

Falls ihr eine Lesebrille tragt, vergesst sie bitte nicht, denn ihr erhaltet selbstverständlich Akteneinsicht.

Ich würde mich sehr freuen, wenn du/ ihr komm(s)t.
Herzliche Grüße

Antwort bitte per Tel. _____

Kurzbeschreibung „Spargelsilvester"
Ein Mitspielkrimi für 7-10 Personen

Es spielen mit:
Harry Petterson – Spargelbauer (54)
Hetty Petterson, seine Frau (45)
Heiko Petterson – Sohn (22)
Syke Petterson – Tochter (20)
Jaba Petterson – Nichte (19)
Dr. Knud Ingwarson – Internist (47)
Julia Kleiber – Krankenschwester (31)
Volker Munsch – Polizist (29)
sowie
Hein Warnke als Nachbar
neutrale Beobachter

Die Rollenverteilung

Diese Krimiparty ist für 7-10 Personen ausgelegt:
Bei 7 Mitspielern können die Rollen von Volker Munsch und Dr.
Knut Ingwersen von einer Person übernommen werden;
d.h. eine Person vertritt dann beide Charaktere.
Bei 8 Personen: ohne Hein Warnke
Bei 9 Personen: mit Hein
Bei 10 Personen: mit Beobachter

Das ist passiert:
Harry Petterson, Spargelbauer und Besitzer von Gut Landswede in Schleswig-Holstein, hat großen Grund zur Sorge.
Ein hässlicher Erbstreit trübt die Stimmung in der Familie ebenso, wie das außergewöhnliche Geschenk, welches Hetty dem gemeinsamen Sohn Heiko ohne jede Absprache zum 22. Geburtstag gemacht hat.
Und Tochter Syke? Sie treibt sich neuerdings auffällig oft im Heu herum und zickt mit ihrer aus Amerika angereisten Kusine Jaba um die Wette.
Als das für die Landarbeiter, Freunde und Nachbarn ausgerichtete Spargelfest zum Saisonende für einen der Bewohner des Hofes tödlich endet, beginnt der Alptraum für Harry und die Seinen allerdings erst so richtig!

Ermitteln Sie mit, wenn wir versuchen, etwas Licht in diesen ländlichen Fall zu bringen.

Und hier noch ein Wort zu den Spielregeln:
Alle Mitspieler sollten sich nahe an der Wahrheit orientieren; schwindeln darf nur der Mörder. Dieser muss allerdings vorsichtig sein, denn wird er beim Schwindeln erwischt, glaubt man ihm gar nichts mehr!

Ich wünsche Ihnen viel Vergnügen und einen Mordsspaß!
Cornelia Herbertz-Müller

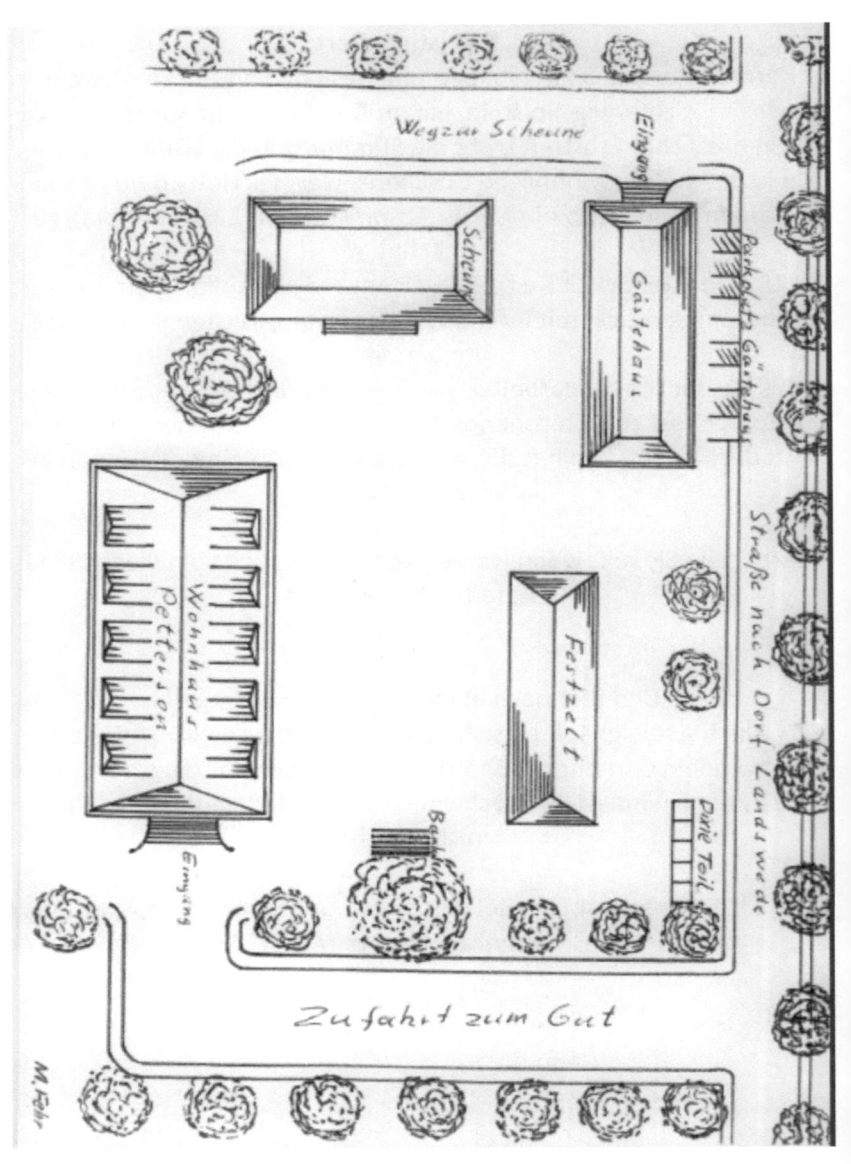

Lageplan Gut Landswede

Die Grundgeschichte zum Vorlesen
Spargelsilvester

Das ist passiert:
Hetty Petterson stand am Fenster ihrer großen Landküche und blickte gedankenverloren hinaus auf den Innenplatz ihres Gutes, Hof Landswede. Eben waren die Landarbeiter vom Feld gekommen; der letzte Spargel für dieses Jahr war gestochen und somit neigte sich auch diese aufreibende Zeit wieder einmal dem Ende zu. Harry hatte bereits heute Morgen gemeinsam mit Heiko und einigen Arbeitern damit begonnen, das große Festzelt im Innenhof aufzustellen, denn heute Abend fand, wie seit Generationen auf Gut Landswede üblich, das Spargelsilvesterfest statt. Zu diesem Fest lud die Familie Petterson jedes Jahr am 24. Juni die Land- und Saisonarbeiter sowie die Nachbarn zu einem großen Spargelessen ein. Da Heiko an diesem Tag auch Geburtstag hatte, in diesem Jahr seinen 22., wurden auch stets die Familie und Freunde zum Spargelsilvesterfest eingeladen. Hetty hatte Heiko an diesem Morgen ein ganz besonderes Geschenk gemacht. Seitdem war die Stimmung im Hause Petterson etwas getrübt. Ganz entgegen ihrer Gewohnheiten hatte Hetty dieses Geschenk auch nicht mit Harry, ihrem Mann, abgesprochen. Zu groß waren die Befürchtungen gewesen, er hätte es ihr ausreden oder vielleicht sogar seine Zustimmung verweigern können. Dieses Risiko wollte Hetty nicht eingehen und daher war sie in der vergangenen Woche alleine in ein Hamburger Reisebüro gegangen und hatte einen 6-monatigen Australienaufenthalt für Heiko gebucht. Sie hatte so sehr gehofft, Heiko würde sich über dieses Geschenk freuen, aber am Morgen, als sie ihm die Buchungsbestätigung übergab, hatte Heiko völlig ablehnend und fast ein wenig böse auf diese Pläne reagiert. Jetzt, mitten im Landwirtschaftsstudium, wollte er auf keinen Fall eine so große Reise unternehmen und er hatte ihr in wenigen Worten harsch erklärt, die Reise keinesfalls antreten zu wollen. Auch Harry war völlig empört über ihren Alleingang und hatte seit dem Morgen kein Wort mehr mit ihr gesprochen. Hetty ging an ihren Herd

und sah nach der Spargelcremesuppe. Gedankenverloren rührte sie in dem großen Topf und streute etwas Salz hinzu. Sie würde nicht so rasch aufgeben; Heiko musste diese Reise antreten und sie würde alle ihre Überredungskunst aufbieten, um ihn davon zu überzeugen.

Im Hof sorgten derweil **Harry Petterson** und sein Sohn Heiko dafür, dass die Holztische und Bänke aus der großen Scheune hinüber ins Zelt getragen wurden. In diesem Jahr wurden erstmals auch 5 Dixi-Toiletten angeliefert und für die Gäste zur Verfügung gestellt. Harry war es leid, dass alle Besucher während des Festes ständig seine privaten Räume betraten, um die Toiletten aufzusuchen. Es kam mittlerweile stets eine unüberschaubare Schar von Nachbarn und Gästen zum Spargelfest und Harry hatte sich vorgenommen, die privaten Räume künftig abzuschließen. Er setzte sich einen Moment auf die Bank unter dem großen Baum im Hof und beobachtete Heiko, seinen Sohn. Heiko delegierte die Arbeiter und sorgte dafür, dass alles an den richtigen Platz kam. Wie ein Wiesel flitzte er über den Hof, gab hier und da Anweisungen oder packte selbst mit an. Ein Gefühl von väterlichem Stolz durchströmte Harry. Heiko war auf einem guten Weg und für die Zukunft von Gut Landswede waren mit diesem Sohn die Weichen gestellt. Harry dachte kurz an das Geburtstagsfrühstück am Morgen. Was war nur in Hetty gefahren? Wie konnte sie eine solche Reise nur ohne jede Rücksprache mit ihm und Heiko buchen? Und ausgerechnet jetzt, zu diesem Zeitpunkt! Ihn quälten doch wirklich ganz andere Sorgen. Seit 2 Jahren trübte ein Erbstreit mit seinem Bruder Johannes das Glück der Familie. Johannes ging im Herbst vor 21 Jahren nach Amerika. Er hatte sich seinerzeit vom gemeinsamen Vater das Erbe auszahlen lassen, um in den USA eine Existenz aufzubauen. Harry erinnerte sich noch gut an damals. Seine Eltern hatten alles daran gesetzt, Johannes von diesem Vorhaben abzuhalten. Schließlich aber, als sie merkten, dass Johannes fest entschlossen und nicht umzustimmen war, hatte Harrys Vater den Johannes mit einer ordentlichen Summe ausgezahlt. Johannes verschwand und 20 lange Jahre hörte niemand aus der Familie von dem jüngeren Sohn. Es gab weder Nachricht noch ein Lebenszeichen. Dann, vor gut 2 Jahren, stand er plötzlich mit seiner 18 jährigen Tochter Jaba auf dem Hof. Da die Eltern inzwischen verstorben waren, gehörte Landswede mit all seinen Ländereien nun Harry. Die anfängliche Freude über das Wiedersehen mit dem Bruder wandelte sich in Wut und Ärger, als sich nach kurzer Zeit herausstellte, dass Johannes weitere Zahlungen aus dem Erbe beanspruchte. Johannes quartierte Jaba und sich in einer leer stehenden Wohnung im Gästehaus des Hofes ein und bemühte einen Rechtsanwalt mit der Durchsetzung seiner Forderungen. Er verlangte einen Nachschlag in Höhe von 200.000 Euro, weil er der Meinung war, seinerzeit nicht genug Geld aus dem Erbe erhalten zu haben. Seitdem reden die Brüder kein Wort mehr miteinander. Am kommenden Montag nun würden die Gerichte nach einem über Monate andauernden Prozess entscheiden; der Termin lag Harry schwer wie ein Stein im Magen.

Aus dem Augenwinkel heraus bemerkte er den Streifenwagen, der hinter die Scheune fuhr. Verächtlich zog er den Mundwinkel herunter. Der schon wieder! Harry würde diesem Treiben ein Ende bereiten, soviel stand fest.

Heiko sah sich suchend nach seiner Schwester Syke um. Wo war sie denn nun schon wieder? Eben noch hatte sie ihm versprochen, die Tische und Bänke mit Seifenlauge abzuledern, doch nun war sie weit und breit nicht mehr zu sehen. Heiko fluchte. So war das immer mit Syke. Sie mochte das Spargelsilvesterfest und auch das Hofleben nicht und brachte dies immer wieder gekonnt durch Arbeitsverweigerung zum Ausdruck. Wie anders gestrickt war doch da Kusine Jaba. Der Erbstreit zwischen Johannes und seinem Vater war die eine Sache. Heiko war mit seinem Vater völlig auf einer Linie. Johannes stand kein einziger Cent mehr zu. Die andere Sache war jedoch Jaba. Johannes Tochter Jaba war ein großer Gewinn für die ganze Familie. Alle liebten sie und ihr unkompliziertes, freundliches Wesen. Jaba sah die Arbeit, die zu tun war und hatte schon früh am Morgen mit Hetty in der Küche für das Fest die Kartoffeln geschält. Auch jetzt machte sie sich nützlich und fegte das große Festzelt aus. Einen Moment lang sah Heiko ihr verträumt zu. Jaba war eine außergewöhnlich hübsche junge Frau. Ihr amerikanischer Akzent war sehr charmant und ihre liebevolle Art verzauberte jeden, der mit ihr zu tun hatte. Leider schlug ihr Herz aber für einen anderen; dies war Heiko seit geraumer Zeit klar. Er riss sich aus seinen Gedanken. Wo verflixt war Syke, seine Schwester? Heiko horchte auf und ging dann in Richtung Scheune. Hatte er dort nicht gerade Sykes berühmte laute Lache gehört? Tatsächlich kam sie ihm am Scheunentor entgegen. Die Haare hingen voller Stroh. „Wo warst du denn?", fragte Heiko vorwurfsvoll und drückte Syke den Lappen für die Möbel in die Hand. „Der Putzeimer steht dahinten!" Dann drehte er sich um und ging zurück zum Haupthaus. Den jungen Hauptkommissar Volker Munsch, der gleich nach Syke aus der Scheune trat, sah er nicht mehr.

Syke machte sich unwirsch an die Arbeit. Wie sehr sie diesen Tag hasste. Das Spargelsilvesterfest bedeutete nichts als Arbeit. Sie verstand die Motivation ihrer Eltern nicht, Jahr für Jahr zwischen 30 und 50 Gäste zum Spargelessen einzuladen. Sie hatte das Gefühl, dass es jedes Jahr mehr wurden, die hier kostenlos aßen und tranken. Ihr graute schon vor dem Abend. Sie würde der Mutter helfen müssen bei der Bewirtung der Gäste und spätestens um 22:00 Uhr waren dann, dank des Rieslings, alle stark angetrunken. Morgen musste dann wieder alles aufräumt und hergerichtet werden. Wozu das alles? Syke schüttelte den Kopf. Am liebsten würde *sie* mal ein halbes Jahr nach Australien gehen, aber auf die Idee, ihr einen solchen Aufenthalt zu schenken, darauf war wohl noch niemand gekommen. Solche Geschenke gab es eben immer nur für Heiko, den Erbprinzen der Familie. Volker Munsch ging an ihr vorbei zurück zu seinem Streifenwagen und zwinkerte ihr kurz zu.
Sofort stieg Sykes Laune wieder an um gleich darauf, bei dem Anblick von Jaba, wieder in den Keller zu sinken. Jaba kehrte wie

besessen das Festzelt und man konnte den Eindruck gewinnen, sie wolle auch den letzten Flusen vom Holzboden entfernen. Immer war sie so akribisch gründlich und aufdringlich fleißig. Geradezu unnatürlich war das. Heute Morgen hatte sie schon stundenlang in der Küche Kartoffeln geschält: natürlich sehr zur Begeisterung ihrer Mutter. Es war ja kaum zu ertragen, wie Jaba sich bei ihrer Familie einschleimte. Vor allem Heiko schwärmte in einer Tour von ihr und himmelte sie unentwegt an. Aber da würde er lange warten können, Jaba hatte längst einen anderen, da sollte Heiko sich lieber keine Schwachheiten einbilden.

Jaba beobachtete ihre Kusine Syke aus den Augenwinkeln. Schade, dass Syke ihr gegenüber so feindselig war. Dabei tat sie nichts, was Syke ärgern oder gegen sie aufbringen konnte. Vielleicht würde es Montag, nach dem Gerichtsurteil, etwas besser werden. Dann waren die Fronten endlich geklärt. Jaba litt unter der Situation und bemühte sich sehr, der Familie ihre Gastfreundschaft zu danken. Einen Moment verharrte sie und stützte ihr Kinn auf den Straßenbesen. Sie dachte an Amerika, an die Straußenfarm, auf der sie geboren und aufgewachsen war und die sie auf so unglückliche Art und Weise verloren hatten. Und sie dachte an den Tod ihrer Mutter. War das wirklich alles schon 2 Jahre her? Sie hatte das Leben auf der Farm geliebt, vielleicht gefiel ihr das Leben auf Gut Landswede aus diesem Grund auch so gut. Egal wie der Prozess ausging, ihr Vater Johannes würde Landswede in Kürze verlassen und nach Hamburg gehen. Jaba war fest entschlossen, hier auf dem Gut zu bleiben. Onkel Harry hatte sie schon um Erlaubnis gefragt; er hatte nichts dagegen, dass sie auch ohne ihren Vater in der Wohnung im Gästehaus wohnen blieb. Sie wusste, dass sie es ihrem Vater nun bald sagen musste, aber bisher hatte sie den Mut dazu einfach nicht aufgebracht. Er sprach immer nur von einem gemeinsamen Neuanfang und malte ihn sich in den schönsten Farben aus. Sie möchte gar nicht daran denken, wie ihr Vater reagieren würde, wenn er erfuhr, dass sie auf Landswede bleiben wollte.
Johannes stand am Fenster und sah hinunter in den Hof. Er hätte

gerne mit angepackt und seinem Bruder und Neffen bei der Arbeit geholfen, aber er wusste, dass Harry es nicht zulassen würde. Harry ging jedes Mal hoch wie eine Rakete, wenn er ihn nur sah.

Hetty war heute Morgen in seiner Wohnung gewesen und hatte ihn noch einmal gebeten, Ruhe zu geben und den Hof zu verlassen, aber er dachte nicht daran zu gehen, ohne das zu bekommen, was ihm zustand. Johannes ging zum Esstisch und schenkte sich eine Tasse Kaffee ein. Er sah dem Prozess am Montag gelassen entgegen. Sein Anwalt hatte ihm signalisiert, dass die Chancen sehr gut standen, den Prozess zu gewinnen. Dann spätestens würde er endlich sein Recht bekommen. Mit dem Geld würde er mit Jaba in Hamburg ein neues Leben anfangen und die letzten 3 Jahre aus seinem Gedächtnis streichen. Es waren keine guten Jahre gewesen; er hatte durch einen dummen Fehler alles zunichte gemacht, was er in 18 Jahren harter Arbeit aufgebaut hatte. Am Montag würde für ihn und Jaba ein neues Leben beginnen.

Volker Munk setzte sich wieder in seinen Streifenwagen und fuhr vom Hof. Bestimmt hatte ihn der alte Petterson gesehen; aber mittlerweile war es ihm egal. Sollte er doch denken, was er wollte.
Ein Blick in den Rückspiegel verriet ihm einige Strohhalme im Haar. Er fädelte sie hinaus und warf sie durch das Fenster auf den Weg. Dann sah er auf die Uhr; es wurde Zeit, nach Hause zu fahren. Seine Frau wartete sicher schon mit dem Essen.

Dr. Knud Ingwarson eilte in Hamburg über den Krankenhausflur der Städtischen Klinik. Die letzte Operation hatte länger gedauert, als erwartet. Nun würden sie sich sehr beeilen müssen, um rechtzeitig auf Gut Landswede zum Spargelfest zu erscheinen.
Hetty hatte ihn am Morgen noch einmal angerufen und eindringlich gebeten, heute pünktlich zu kommen und vielleicht noch einmal auf Johannes einzuwirken. Bevor Johannes damals nach Amerika verschwand, war Knut sein bester Freund gewesen und vielleicht, vielleicht hatte Hetty gesagt, kannst du ihn überreden, ein-

fach abzureisen. Knud war skeptisch, wollte aber auf jeden Fall einen Versuch starten. Hoffentlich wartete Julia schon auf dem Parkplatz auf ihn; sonst würde es zeitlich wirklich knapp.

Julia Kleiber saß am Steuer des neuen Porsches und wartete auf ihren Freund, Dr. Ingwarson. Sie hatte sofort zugesagt, als Knut sie gefragt hatte, ob sie ihn zum Spargelfest der Familie Petterson begleiten würde und hatte seinem Wunsch entsprochen, den Fahrdienst zu übernehmen. Knut hatte ihr erzählt, dass bei diesem Fest nicht nur ausgiebig gegessen, sondern auch in guten Mengen getrunken wurde. Dass sie niemanden außer Jaba Petterson kannte, störte sie nicht. Als Krankenschwester war sie es gewohnt, rasch Kontakte aufzubauen. Sie war ausgesprochen gespannt darauf, die Familie Petterson kennen zu lernen.

Pünktlich um 19:00 Uhr trafen die ersten Gäste auf Landswede ein. Wie gut, dass niemand ahnte, wie tragisch dieses Spargelsilvesterfest enden würde.

An dieser Stelle können Sie die Geschichte unterbrechen und falls geplant ein Essen servieren. Danach lesen Sie bitte weiter vor:

II. Teil

Hetty stand in der Küche und war sichtlich nervös. Der Abend war weit fortgeschritten und bisher war alles ruhig und friedlich verlaufen. Trotzdem ließ sie das Gefühl nicht los, dass heute noch etwas passieren würde. Wenn sie nur wüsste, was! Ihre Vorahnungen hatten sie noch nie im Stich gelassen. Sie zog eine Strickjacke über und verließ das Haus. Gerade als sie den Weg zum Festzelt einschlagen wollte, kam ihr Johannes entgegen. Ihr Herz klopfte schneller, als sie bemerkte, dass sein Gang unregelmäßig zu sein schien. Er torkelte nahezu über den Weg. Als er vor ihr stand, roch sie eine deutliche Alkoholfahne.

„Johannes", sagte sie vorwurfsvoll. „Du bist ja total betrunken. Das habe ich ja noch nie erlebt, dass du etwas trinkst!"

„Das geht dich gar nichts an", lallte Johannes. „Ich gehe jetzt zu eurem Fest. Ihr habt wohl nur vergessen, mich einzuladen, was?"

Hetty schüttelte den Kopf. „Johannes, sei vernünftig. In diesem Zustand kannst du nicht ins Festzelt gehen. Geh ins Bett und lege dich hin!"

Johannes schob Hetty unsanft beiseite.

„Nein. Ich rede jetzt mit meinem Bruder!", brüllte er. „Und Knut, diesen Schweinehund, knöpfe ich mir auch vor."

„Knut? Was hat der denn damit zu tun?"

Johannes hörte gar nicht mehr hin. Unbeirrbar steuerte er das Festzelt an.

Dr. Knut Ingwarson saß mit Julia Kleiber auf einer Bierbank im Zelt und lobte das gute Essen. Der frische Spargel hatte ihm ausgezeichnet gemundet, der Riesling war exzellent dazu ausgesucht und alleine dafür hatte sich die 1-stündige Anfahrt aus Hamburg gelohnt. Er war froh, dass Julia sich den ganzen Abend so angeregt mit Jaba unterhalten hatte und sich nicht zu langweilen schien. Nun war es an der Zeit, wie versprochen das Gespräch mit Johannes zu suchen. Einen kleinen Moment war Knut durch Julia Kleiber abgelenkt und genau in diesem Moment musste Johannes hereingekommen sein. Knut bemerkte, dass es plötzlich auf der Tanzfläche einen Tumult gab. Er sah auf. Johannes und Harry standen sich in der Mitte des Zeltes wie 2 Kampfhähne gegenüber.

„Was willst du hier? RAUS!!!", brüllte Harry.

Johannes torkelte und holte zu einem Faustschlag aus. In seinem Zustand war er kein ernstzunehmender Gegner für Harry. Dieser wich aus und Johannes verlor durch den Schwung seines Schlages das Gleichgewicht und ging zu Boden.

Jaba stürzte herbei und versuchte, ihrem Vater aufzuhelfen.

Mit wenigen Schritten war auch Knut bei den Brüdern.

„Raus hier!", brüllte er nun seinerseits Johannes und auch Harry an.

Heiko war neben seinen Vater getreten und versuchte, diesen zu beruhigen.

„Beide raus", schrie Knut noch einmal und schnappte sich Johannes am Kragen.

„Mit dir, Ingwarson, mit dir bin ich auch noch nicht fertig!", schrie dieser und versuchte, sich durch Fußtritte und Schläge zu befreien. Trotzdem hatte Knut wenig Mühe, in festzuhalten.

Er schleifte Johannes hinaus und Heiko und Harry folgten. Draußen stand eine völlig aufgelöste Hetty.

„Du meine Güte, was ist denn passiert?"

Johannes zeigte auf Hetty. „Sie, sie hat mich eingeladen", lallte er.

Harry und Heiko sahen Hetty böse an.

„Stimmt das?", schrie Harry seine Frau an.

„Um Gottes Willen, nein", rief Hetty verzweifelt.

„Meine Linie", schrie Johannes und schlug um sich. „Meine Linie wird immer auf dem Hof vertreten sein – immer -, verstehst du, Harry?"

Hetty sah Knut verzweifelt an.

„Ich regle das schon", wisperte er ihr zu.

Julia Kleiber trat mit Jaba aus dem Zelt. „Kann ich irgendwas tun?" Sie sah Knut fragend an.

Dieser schüttelte den Kopf. „Wir gehen rüber ins Haus und dann versuchen wir, ein Gespräch zu führen. Geht ihr nur wieder hinein!"

Knut zerrte Johannes vom Zelt weg Richtung Haupthaus und Harry folgte ihnen in kurzem Abstand.

Bald darauf herrscht im Zelt wieder muntere Stimmung; der kleine Zwischenfall ist schnell vergessen. Es wird getanzt, gegessen und getrunken und niemand scheint zu bemerken, dass Harry, Johannes und Dr. Knut Ingwarsen über lange Zeit verschwunden bleiben. Gegen 22:00 Uhr will Hetty eines ihrer Kinder bitten, doch einmal nach den Männern zu sehen. Die ersten Gäste wollen aufbrechen und Harry soll sie wenigstens verabschieden. Von Syke und Jaba ist nichts zu sehen, sie entdeckt aber Heiko auf der Tanzfläche. Auf Bitten seiner Mutter geht dieser über den Hof zum Wohnhaus, doch dort ist alles dunkel. Heiko überlegt kurz und geht dann hinüber zum anderen Ende des Anwesens, zur Wohnung von Johannes und Jaba. Unterwegs bemerkt er Jaba, die unter dem großen Baum auf einer Bank sitzt und mit Knut Ingwarson in ein Gespräch vertieft ist.

„Habt ihr den Vater gesehen?", fragt Heiko im Vorbeigehen.

„Die Gäste wollen gehen!"

Knut schüttelt den Kopf. „Nein! Mit den beiden Kampfhähnen war ja nicht zu reden; Johannes ist rüber in seine Wohung und dein Vater wollte zurück ins Zelt!" Knut wendet sich wieder Jaba zu. Hat diese rot geweinte Augen oder täuscht sich Heiko? Und wo ist überhaupt Julia Kleiber? Diese, so fällt Heiko jetzt auf, hat er auch schon seit Ewigkeiten nicht mehr gesehen. Egal, zunächst muss er seinen Vater finden. Irgendwo muss er ja stecken; vielleicht sind die beiden in ein Gespräch vertieft und haben die Zeit vergessen? Heiko nimmt den kurzen Weg, vorbei an der Scheune. Er kommt zum Gästehaus und sieht hinauf in den ersten Stock. Im Schlafzimmer ist Licht und Heiko erkennt hinter der Gardine eine menschliche Silhouette. Johannes scheint also da zu sein, aber wo ist sein Vater? Mit großen Schritten springt Heiko die Treppe hinauf zu Johannes Wohnung. Die Türe ist nur angelehnt. Auf sein Klopfen hin rührt sich nichts und so beschließt Heiko, hinein zu gehen und nach dem Rechten zu gucken. Die Diele ist dunkel, aber im Wohnzimmer brennt Licht. Heiko geht hinein und stößt die Wohnzimmertüre auf. Was er dort sieht, lässt ihn entsetzt zurückweichen. Johannes Petterson liegt, aus einer großen Kopfwunde blutend, in seinem Wohnzimmer.

Noch bevor Heiko irgendwie reagieren kann, hört er ein Geräusch im Schlafzimmer. Entsetzen überkommt ihn. Was ist hier passiert? Wurde Johannes niedergeschlagen und ist der Täter noch im Haus? Soll er weglaufen und riskieren, dass der Täter entkommt oder soll er versuchen, ihn zu überrumpeln? Das Herz klopft Heiko bis zum Hals, als er sich langsam an die Schlafzimmertüre anschleicht. Leise öffnet er sie und stößt sie dann mit einer raschen Bewegung auf! Sein Entsetzen ist unbeschreiblich, als er erkennt, wer dort im Schlafzimmer hinter der Türe steht. Es ist Harry, sein Vater.

Der von Heiko herbeigerufene Rettungswagen kann nichts mehr ausrichten. Die Polizei stellt schnell fest, dass Johannes Petterson innerhalb der letzten halben Stunde mit einem schweren Gegenstand erschlagen wurde. Die Tatwaffe ist verschwunden. Harry bestreitet, irgendetwas mit der Tat zu tun zu haben. Er behauptet, er habe nach dem Streit im Festzelt noch einmal mit Johannes sprechen wollen. Als er die Wohnung betrat, sei Johannes bereits tot gewesen. Aber warum hat er nicht gleich die Polizei gerufen? Und was wollte er im Schlafzimmer?

Dies alles können Sie Harry gleich persönlich fragen, denn er sitzt ja mit Ihnen an einem Tisch.

Es folgt die Vorstellungsrunde; bitte lesen Sie die Vorstellungstexte reihum in der auf den Rollen angegebenen Reihenfolge vor.

Aussage Harry Petterson

(bitte als Erster in der Runde vortragen)

Auch, wenn es jetzt im Moment anders aussieht: Ich habe meinen Bruder nicht umgebracht. Heute Abend war ich nach unserem Streit im Zelt mit Knut und Johannes drüben bei uns im Wohnhaus. Knut hat sich mächtig ins Zeug gelegt, um uns davon zu überzeugen, dass wir einen Vergleich schließen, aber wir waren beide nicht bereit dazu. Es gab nach einer Weile wieder Streit; Johannes hatte sich ja überhaupt nicht im Griff, so betrunken wie er war. Eigentlich wundert mich das, denn getrunken hat er meines Wissens nie. Schließlich habe ich Johannes vor die Türe gesetzt und Knut wollte wieder rüber zum Festzelt gehen. Ich habe mir zur Beruhigung einen Schoppen Wein getrunken und wollte dann noch einmal nach meinem Bruder sehen. Als ich zur Wohnung kam, stand die Haustüre offen. Ich bin rein und fand Johannes tot am Boden. Ich bin dann durch alle Räume, um zu sehen, ob noch jemand in der Wohnung ist. Als ich im Schlafzimmer war, hörte ich jemanden im Treppenhaus; also habe ich mich still verhalten, weil ich dachte, der Mörder kehrt vielleicht zurück. Ich war sehr erleichtert, dass es Heiko war, der dann plötzlich die Türe aufriss. Eines fällt mir auch noch ein. Ich habe einen Wagen wegfahren hören, als ich die Treppe hinauf ging. Der Wagen muss direkt vor dem Gästehaus gestanden haben. Vielleicht waren es Einbrecher und Johannes hat sie überrascht! In diesem Fall wäre ich dem oder den Tätern fast begegnet. Zum Erbstreit möchte ich noch folgendes sagen: Als ich Landswede vom Vater übernommen habe, war der Hof verschuldet, weil wir Johannes Jahre vorher auszahlen mussten. Er hat damals 500.000 DM bekommen. Das war sein Anteil vom Erbe. Dass er das Geld in Amerika verloren hat, ist nicht mein Problem. Ich habe die Schulden abgezahlt und aus dem Gut in den letzten Jahren das gemacht, was es heute ist. Johannes steht kein Pfennig mehr zu.

Hinweise Harry Petterson

Weitere Informationen für dich! Du darfst von all diesem Wissen in der Ermittlungsrunde Gebrauch machen!

Rückblick:
Früher wart ihr eine tolle Landclique. Dazu zählten Hetty, Johannes, Knud Ingwarsson und du. Im Herbst vor 21 Jahren ging Johannes dann nach Amerika. Endlich war der Weg zu Hetty für dich frei, denn Hetty war bis dahin Johannes Freundin gewesen. Heiko kam im Jahr darauf zur Welt, 2 Jahre später dann Syke. Alles war gut, bis Johannes wieder auftauchte.

Heute Abend, nach dem Streit im Zelt, hat Knut sich eine ganze Weile bemüht, euch zu einer Versöhnung zu bringen. Nachdem diese Versuche ohne Erfolg blieben, habt ihr euch getrennt. Später fiel dir wieder ein, was Johannes gesagt hatte: „Meine Linie wird immer auf dem Hof vertreten sein!"
Was hatte er damit gemeint? Es hat dir keine Ruhe gelassen. Du bist rüber zu Johannes in die Wohnung und hast ihn zur Rede gestellt. Er hat dir daraufhin erklärt, dass er der Vater von Heiko ist und dass Hetty ihm als Schweigegeld inzwischen schon eine große Summe gezahlt hat.
Als ob das alles nicht genug war, hat er dich plötzlich angegriffen. Du musstest dich wehren, hast die Statue gegriffen und ihn damit niedergeschlagen. Zu deinem Entsetzen war er sofort tot. Da du die Tatwaffe nicht mit nach unten nehmen wolltest, hast du sie rasch abgewischt und im Schlafzimmer in einem Schrank versteckt. Dann hast du noch ein paar Schränke durchwühlt, um nach Hettys Geld zu suchen, bis Heiko dich überrascht hat. Das Ganze hat vielleicht 10 Minuten gedauert.

Jaba wollte nach dem Gerichtsurteil auf dem Hof bleiben; Du hast ihr dies zugesagt. Versuche hier elegant, einen Rückzieher zu machen, denn es wäre wirklich besser, wenn sie Landswede unter diesen Umständen verlässt. Sie ist wohl Heikos Schwester und aus den beiden sollte unter keinen Umständen ein Paar werden.

Vielleicht kannst du den Verdacht auf eine andere Person lenken. Was meinte Johannes, als er zu Knut sagte: „Mit dir, Ingwarsson, bin ich auch noch nicht fertig?" Welche Probleme hatte Johannes mit Knut? Frag Knut danach.

Den Wagen hast du tatsächlich gehört. Es könnte ein Porsche gewesen sein. Knut und Julia sind mit einem Porsche hier, aber wer ist am Abend damit unterwegs gewesen? Frag danach.

Bitte lege auf keinen Fall ein Geständnis ab.

Nach den Ermittlungen schreibt jeder auf einen Zettel, wen er für den Täter hält und später wird der Fall gemeinsam aufgeklärt.

Aussage Heiko Petterson

(bitte nach Harry Petterson in der Runde vortragen)

Ich kann mich nicht erinnern, schon einmal so einen furchtbaren Geburtstag erlebt zu haben. Zuerst erfahre ich, dass meine Mutter mich für ein halbes Jahr nach Australien schicken möchte, ohne vorher mit mir darüber zu sprechen. Sorry, Mutter, aber ich werde diese Reise nicht antreten. Dann finde ich meinen toten Onkel in einer Blutlache und überrasche meinen Vater im Schlafzimmer des Toten. Allerdings ist für mich völlig klar, dass Papa nichts mit dem Tod von Johannes zu tun hat.

Wenn ich den Abend Revue passieren lasse, kann ich folgendes sagen: Nach dem Streit von Papa und Johannes habe ich meinen Vater, Johannes, Knut, Julia und auch Syke ewig nicht gesehen. Die waren alle irgendwie draußen unterwegs. Jaba hat mir und Mutter noch lange im Zelt geholfen, was übrigens dein Job gewesen wäre, liebe Syke, aber du scheinst ja irgendwie in der Scheune dein Dauerdomizil aufgemacht zu haben. Später ist Jaba dann auch raus, um frische Luft zu schnappen.

Der Rest ist bekannt und ich kann leider nicht mehr dazu sagen.

Hinweise Heiko :

Weitere Informationen für dich! Du darfst von all diesem Wissen in der Ermittlungsrunde Gebrauch machen! Wenn du etwas gefragt wirst, solltest du die Wahrheit sagen, denn du bist nicht der Täter und hast nichts zu befürchten.

Du hast deinen Vater heute Nacht nicht einfach im Schlafzimmer von Johannes angetroffen. Er durchwühlte zu deinem Entsetzen gerade die Schränke und suchte etwas. Was, hat er dir nicht erzählt, er bat dich nur, es niemandem zu sagen. Nun musst du entscheiden, ob du dich daran halten willst oder ob du ihn gleich offen danach fragst.
Da du davon ausgehst, dass dein Vater unschuldig ist, hat er doch eigentlich nichts zu verbergen, oder?

Jaba ist sehr in Dr. Ingwarsson verliebt. Vor gut 2 Wochen ist sie einmal nach Hamburg gefahren. Am nächsten Morgen hat Knut sie mit dem Porsche nach Hause gebracht. Johannes hat dies damals aus dem Fenster heraus beobachtet und war seitdem der Meinung, Knut habe ein Verhältnis mit Jaba. Er war ganz schön wütend auf Knut. Heute Abend saß Knut mit Jaba auf der Bank und Jaba sah sehr verweint aus. Was ist da bloß los? Frag Knut Ingwarsson danach.

Oder war sie so verweint, weil sie ihrem Vater endlich gesagt hat, dass sie nicht mit ihm nach Hamburg gehen wird? Wenn sie es ihm gesagt hat, wie hat Johannes darauf reagiert? Frag sie danach.

Syke hängt ständig in der Scheune herum. Was macht sie da?
Stimmt es, was Papa sagt? Er behauptet, sie hätte ein Verhältnis mit Volker Munk.
Der ist doch verheiratet! Frag sie danach. Wenn dem so ist, stellt sich die Frage, ob er nicht befangen ist bei seinen Ermittlungen.

Vermutlich wird er alles auf deinen Vater zulaufen lassen, denn die beiden mögen sich nicht besonders.

Und warum wollte deine Mutter dich nach Australien schicken? Frag sie auch danach.

Auf welche Weise haben Jaba und Johannes in Amerika alles verloren? Wie ist Jabas Mutter ums Leben gekommen? Frag sie danach, es könnte wichtig sein.

Nach den Ermittlungen schreibt jeder auf einen Zettel, wen er für den Täter hält und später wird der Fall gemeinsam aufgeklärt.

Aussage Syke Petterson

(bitte nach Heiko Petterson in der Runde vortragen)

Ich bin 20 Jahre alt und mache zurzeit eine Ausbildung als Tierarzthelferin hier in einem der Nachbardörfer. An unserem Hof habe ich kein Interesse und ehrlich gesagt, war es mir auch egal, ob Johannes nun noch Geld bekommt oder nicht. Ich werde in Kürze den Hof verlassen und mir eine Wohnung mit einem Freund nehmen. Vielleicht gehen wir auch zusammen ins Ausland, wir haben es nämlich beide gründlich satt hier. Alles ist so eng hier und vermissen wird mich vermutlich eh keiner. Seit Jaba hier ist, dreht sich doch alles nur noch um sie. Zugegeben, sie ist sehr nett, aber es nervt einfach das Getue um sie rum. Früher konnte ich z.B. alles mit Heiko bequatschen; jetzt hängt er dauernd mit Jaba zusammen, so als wäre sie seine Schwester und nicht ich. Seit Johannes wieder da ist, mache ich mir auch Sorgen um meine Mutter; sie ist total verändert und ein ständiges Nervenbündel. Heute Abend habe ich rein gar nichts gesehen oder beobachtet, was zum Mörder führen könnte. Mein Vater war es aber sicher nicht. Der ist stinkreich und braucht wegen Geld niemanden zu erschlagen. Nicht wegen läppischen 200.000 Euro.
Mehr kann ich nicht dazu sagen.

Hinweise Syke

Weitere Informationen für dich! Du darfst von all diesem Wissen in der Ermittlungsrunde Gebrauch machen! Wenn du etwas gefragt wirst, solltest du die Wahrheit sagen, denn du bist nicht der Täter und hast nichts zu befürchten.

Deine Mutter hat sich in den letzten 2 Jahren sehr verändert. Sie ist nervös und gereizt, seit Johannes und Jaba hier aufgetaucht sind. Du hast vor einigen Wochen eine Beobachtung gemacht, die dir Rätsel aufgibt. Du warst auf dem Heuboden und hast auf Volker Munsch gewartet, mit dem du ein Verhältnis hast. Plötzlich kam deine Mutter mit Johannes in die Scheune. Deine Mutter gab Johannes einen Umschlag. Dieser öffnete ihn und nahm sehr viel Geld heraus. Er zählte kurz nach, nickte und dann verschwanden die beiden wieder. Warum gibt deine Mutter Johannes Geld, wo doch der Prozess noch gar nicht entschieden ist? Frag sie danach.

Jaba steht total auf Dr. Ingwarsson, aber gegen Julia Kleiber hat sie keine Chance.
Vor gut 2 Wochen ist Jaba mal über Nacht nach Hamburg gefahren. Knut hat sie am nächsten Tag zurückgebracht. Sie hat dir später erzählt, dass sie die Nacht nicht bei Knut, sondern bei Julia im Appartement zugebracht hat. Diese Julia wohnt wohl total luxuriös in einer Superwohnung an der Alster. Ob Knut die Wohnung bezahlt? Vom Einkommen als Krankenschwester wird sie sich das kaum leisten können. Oder ist sie selbst so wohlhabend? Frag sie doch mal danach.

Jaba hat sich heute, am frühen Abend, sehr lautstark mit ihrem Vater gestritten. Du hast es gehört, als du am Gästehaus vorbeigegangen bist. Johannes hat geradezu getobt. Was war da los? Frag Jaba danach.

Deine Mutter war nicht, wie sie behauptet, den ganzen Abend im Zelt. Sie ist immer mal wieder rüber ins Haupthaus und du hast sie am Abend auch vor Johannes Wohnung gesehen. Was hat sie dort getan und warum behauptet sie etwas anderes?

Du hast vor, mit Volker ins Ausland zu gehen. Volker ist zwar noch verheiratet, aber er wird sich ganz bestimmt bald von seiner Frau trennen. Das hat er dir versprochen.

Für deinen Vater ist Volker ein rotes Tuch. Er regt sich immer total auf, wenn Volker hier auftaucht, aber er kann es nicht verhindern. Schließlich bist du über 18.

Nach den Ermittlungen schreibt jeder auf einen Zettel, wen er für den Täter hält und später wird der Fall gemeinsam aufgeklärt.

Aussage Jaba Petterson

(bitte nach Syke Petterson in der Runde vortragen)

Zuerst habe ich meine Mutter auf so tragische Art verloren und nun wird mein Vater ermordet. Es ist kaum zu begreifen. Die Familie von Onkel Harry hat mich vor 2 Jahren so nett hier aufgenommen; ich verstehe mich mit allen sehr gut. Dann kam der Erbschaftsstreit und trotzdem waren immer noch alle so nett zu mir. Alle denken, mein Vater wäre ein Erbschleicher gewesen, aber das stimmt nicht. Er glaubte wirklich, dass ihm die 200.000 Euro noch zustanden. Nach dem Urteil wollte er Landswede mit mir verlassen, aber ich wollte lieber hier auf dem Gut bleiben. Nun hoffe ich, dass das möglich sein wird. Harry hat es mir schon zugesagt, aber ich fühle, dass Hetty dagegen ist. Wenn sie es nicht erlaubt, werde ich zurück nach Amerika gehen. Wir hatten dort eine große Farm mit Straußenvögeln… leider haben wir alles verloren. Mein Vater hat das nie verwunden, denn er fühlte sich für all das verantwortlich. Ich bin wirklich sehr durcheinander.

Hinweise Jaba

Weitere Informationen für dich! Du darfst von all diesem Wissen in der Ermittlungsrunde Gebrauch machen! Wenn du etwas gefragt wirst, solltest du die Wahrheit sagen, denn du bist nicht der Täter und hast nichts zu befürchten.

Rückblick:
Ihr hattet in Amerika eine Farm mit Straußenvögeln. Alles war gut, bis vor 4 Jahren eine Touristin auf der Farm tödlich verunglückte. Sie stürzte eine Treppe hinunter, weil ein Geländer nicht richtig befestigt war. Im anschließenden Schadensersatzprozess wurdet ihr verurteilt, 3 Millionen Dollar an die Hinterbliebenen zu zahlen. Das war das Ende der Farm. Deine Mutter hat sich vor Kummer das Leben genommen, dies hat dein Vater nie verwunden, denn er hatte die Sache mit dem Geländer zu verantworten. Deine Mutter hatte ihm morgens gesagt, dass es lose ist und er hat es im Laufe des Tages einfach vergessen zu reparieren. In Deutschland wolltet ihr ein neues Leben beginnen. Als dein Vater sah, was aus Landswede geworden war, war er der Meinung, man hätte ihn damals nicht mit einer ausreichenden Summe ausgezahlt, daher der Prozess.

Du bist in Dr. Ingwarsson verliebt; leider ist diese Liebe sehr einseitig. Vor 2 Wochen bist du nach Hamburg gefahren, um ihn zu überraschen. Kaum im Krankenhaus angekommen, hat er dich zu Julia Kleiber in die Wohnung gebracht. Dort hast du dann die Nacht mit Julia und ohne Knut verbracht. Er hat dich lediglich am nächsten Morgen nach Hause gefahren. Julia war sehr nett zu dir. Du hast ihr in dieser Nacht deine Lebensgeschichte erzählt und sie hat dir sehr aufmerksam zugehört. Das hat gut getan. Auch heute Abend hast du dich sehr lange mit ihr unterhalten; ihr habt euch wirklich richtig angefreundet. Sie wohnt in einer Traumwohnung über der Alster. Auch der Porsche gehört ihr. Als Krankenschwester kann sie sich das sicher nicht leisten. Zahlt Knut das alles für sie? Knut hat dich am nächsten Morgen nach Hause gefahren, dein Vater hat das beobachtet. Seither glaubte er, Knut sei dein Liebhaber. Du hast ihn in dem Glauben gelassen, daher war dein Vater so sauer auf Knut.

Heute, am frühen Abend, hast du deinem Vater gesagt, dass du den Hof nicht mit ihm verlassen wirst. Er ist sehr wütend geworden; ihr hattet einen sehr lauten Streit im Wohnzimmer. Das war wohl der Grund, warum er sich so total betrunken hat.

Wer hat deinen Vater umgebracht?
Ob Onkel Harry dazu fähig wäre? Dir ist eben, als du nach der Tat kurz in der Wohnung warst, aufgefallen, dass im Schlafzimmer ein Schrank aufstand. Die Schränke waren alle zu, als du das Haus verlassen hast, da bist du ganz sicher, denn du hast vorher noch Wäsche weggeräumt. Hat Onkel Harry etwa die Schränke durchsucht? Er wurde doch von Heiko im Schlafzimmer erwischt. Frag ihn, ob er die Schränke durchsucht hat, als er im Schlafzimmer war und was er dort gesucht hat.

Nach den Ermittlungen schreibt jeder auf einen Zettel, wen er für den Täter hält und später wird der Fall gemeinsam aufgeklärt.

Aussage Dr. Knud Ingwarsson

(bitte nach Jaba in der Runde vortragen)

Ich bin ein alter Freund von Hetty, Johannes und Harry. Wir sind zusammen hier auf dem Land aufgewachsen. Leider war Johannes heute viel zu betrunken, um ein vernünftiges Wort mit ihm zu sprechen. Ich habe meine Bemühungen daher nach kurzer Zeit abgebrochen. Im Hof hatte ich später ein längeres privates Gespräch mit Jaba und dann kam auch plötzlich schon der Rettungswagen. Wir sind sofort alle rüber zur Wohnung von Johannes, der Rest ist bekannt. Die arme Jaba tut mir sehr leid. Sollte am Montag ein Urteil zu Gunsten von Johannes gesprochen werden, wird Jaba über ein gutes Startgeld verfügen für ihr weiteres Leben. Andernfalls:

Johannes war früher mein bester Freund, ich werde seine Tochter nicht im Stich lassen. Vielleicht kann ich ihr dann eine Anstellung als Lernschwester im Krankenhaus besorgen, denn sie muss künftig ja für ihren Lebensunterhalt sorgen. Warum Johannes so wütend auf mich war, entzieht sich leider meiner Kenntnis; ich habe mir jedenfalls nichts vorzuwerfen.

Hinweise Knut

Weitere Informationen für dich! Du darfst von all diesem Wissen in der Ermittlungsrunde Gebrauch machen! Wenn du etwas gefragt wirst, solltest du die Wahrheit sagen, denn du bist nicht der Täter und hast nichts zu befürchten.

Rückblick:
Du weißt, dass Hetty ein Verhältnis mit Johannes hatte, bevor er nach Amerika ging. Als Johannes dann weg war, hat Hetty sehr schnell Harry Petterson geheiratet. Du hast dich darüber gewundert, aber da bereits nach kurzer Ehe der Sohn Heiko geboren wurde, war dir klar, dass sie heiraten mussten. Du fragst dich allerdings schon all die Jahre, ob wirklich Harry der Vater von Heiko ist.

Jaba ist unglücklich in dich verliebt. Du hast ihr heute Abend bei eurem Gespräch noch einmal eindringlich erklärt, dass aus euch kein Paar werden wird. Sie war sehr traurig, aber es ist besser, es ihr klipp und klar zu sagen. Jaba hat dich vor einigen Wochen einmal ganz unerwartet in Hamburg im Krankenhaus aufgesucht und wollte bei dir übernachten. Du hast sie kurzerhand in die Penthouse Wohnung von Julia gebracht. Dort hat Jaba dann geschlafen und du hast sie am nächsten Morgen dort abgeholt und nach Hause gefahren. Vermutlich hat Johannes euch beobachtet, als sie aus deinem Wagen stieg und dachte, dass sie die Nacht bei dir verbracht hat und du ein Verhältnis mit seiner Tochter angefangen hast. Anders kannst du dir nicht erklären, warum Johannes so wütend auf dich war.

Julia arbeitet im gleichen Krankenhaus wie du. Sie ist Krankenschwester und seit gut 1 Jahr deine Freundin. Sie hat sehr viel Geld von ihrer Mutter geerbt. Diese ist vor 4 Jahren tödlich verunglückt. Julia hat sich einen neuen Porsche gekauft, den sie heute

Abend, nachdem du mit Johannes und Harry aus dem Zelt gegangen warst, ausgiebig spazieren gefahren hat. Sie wollte nicht alleine im Zelt sitzen, denn sie kennt hier, außer Jaba, niemanden.

Wem traust du die Tat am ehesten zu? Wer hatte ein Motiv, Johannes umzubringen?

War es Harry? Harry ist sehr impulsiv und er war zornig auf seinen Bruder.
Vielleicht gab ein Wort das andere und Harry schlug zu? Oder hatte Hetty einen Grund zu dieser Tat?

Julia hat angeboten, Jaba mit einer großen Summe zu unterstützen, sollte sie am Montag bei dem Prozess leer ausgehen. Dies ist sehr nobel. Du fragst dich aber schon, was sie zu so einer großzügigen Tat treibt.
Frage sie danach.

Nach den Ermittlungen schreibt jeder auf einen Zettel, wen er für den Täter hält und später wird der Fall gemeinsam aufgeklärt.

Aussage Julia Kleiber
(bitte nach Dr. Knut Ingwarsson in der Runde vortragen)

Ich bin Krankenschwester am Städtischen Klinikum und seit gut 1 Jahr die Freundin von Dr. Knut Ingwarsson. Ich kenne hier niemanden, außer Jaba. Jaba habe ich vor einigen Wochen kennen gelernt; sie hat Knud in Hamburg besucht und anschließend bei mir in der Wohnung übernachtet. Wir haben die ganze Nacht gequatscht. Sie ist eine sehr nette junge Frau mit einem wirklich traurigen Schicksal. Heute Abend habe ich mit Knut, Johannes und Harry Petterson nach dem Streit das Zelt verlassen. Die 3 Männer sind ins Wohnhaus gegangen und ich habe mit dem Wagen eine längere Spritztour über Land gemacht. In der Stadt kann man das Auto gar nicht richtig fahren, das habe ich jetzt hier mal genossen. Natürlich bin ich prompt im Dorf in eine Radarkontrolle geraten und musste 70,00 Euro zahlen. Als ich zurückkam, stand schon der Rettungswagen im Hof. Mehr kann ich nicht dazu sagen; außer, dass ich nun wirklich kein Motiv habe, denn ich bin zum ersten Mal hier auf Landswede.

Sollte Jaba künftig finanzielle Probleme haben, werde ich sie auf jeden Fall großzügig unterstützen. Jaba muss sich also keine Sorgen um ihre Zukunft machen.

Hinweise Julia :

Weitere Informationen für dich! Du darfst von all diesem Wissen in der Ermittlungsrunde Gebrauch machen! Wenn du etwas gefragt wirst, solltest du die Wahrheit sagen, denn du bist nicht der Täter und hast nichts zu befürchten.

Rückblick:
Du, liebe Julia, bist sehr reich. Deine Mutter ist vor 4 Jahren auf einer Straußenfarm in Amerika bei einem Unfall ums Leben gekommen. Sie stürzte unglücklich durch ein Geländer, welches nicht richtig befestigt war. Die Gerichte der USA haben dir 3 Millionen Dollar Schadenersatz zugesprochen, denn der Unfall damals war zurückzuführen auf Fahrlässigkeit des Farmbesitzers. Von dem Geld hast du dir u. a. eine Penthouse Wohnung an der Alster und vor einigen Wochen den Porsche gekauft.
Im Krankenhaus arbeitest du nur aus Zeitvertreib und um Knut auch am Tage nahe zu sein.

Vor einigen Wochen stand Knut eines Abends plötzlich mit Jaba vor deiner Türe. Jaba ist furchtbar verliebt in Knut und hatte ihn im Krankenhaus überrascht. Sie wollte bei ihm übernachten. Er hat sie kurzerhand zu dir in die Wohnung gebracht und dich gebeten, sie bis morgens zu beherbergen. Jaba hat dir dann in dieser Nacht ihre Lebensgeschichte erzählt. Dich hat fast der Schlag getroffen, als du festgestellt hast, dass Jaba die Tochter von Johannes Petterson ist. Deine Mutter ist damals auf der Farm der Pettersons verunglückt. Die 3 Millionen Dollar Schadenersatz hat demnach Jabas Vater an dich gezahlt. Natürlich hast du Jaba an dem Abend nichts davon gesagt. Auch Knut weiß nichts davon.

Du bist, nachdem die Männer das Zelt verlassen haben, zunächst wirklich mit dem Porsche übers Land gefahren. Später bist du am Gästehaus vorbeigekommen. Du warst neugierig auf den Mann, der den Tod deiner Mutter verursacht hat. Du hast geklingelt und er hat dir auch gleich geöffnet. Er war betrunken und als du ihn im Wohnzimmer damit konfrontiert hast, wer du bist, hat er angefangen, dich wüst zu beschimpfen. Er hat behauptet, du hättest mit der Schadensersatzklage sein Leben und das Leben seiner Familie zerstört. Es gab einen heftigen Streit und du hast fluchtartig die Wohnung verlassen und bist mit dem Porsche davon gebraust. Da du so durcheinander warst, bist du auch in die Radarfalle geraten; du hast einfach nicht auf die Geschwindigkeit geachtet.

Da du nichts Unrechtes getan hast, kannst du das auch alles erzählen, wenn du danach gefragt wirst. Trotzdem bleibt die Frage, wer Johannes getötet hat.
Passe gut auf, was die anderen sagen und erzählen!

Nach den Ermittlungen schreibt jeder auf einen Zettel, wen er für den Täter hält und später wird der Fall gemeinsam aufgeklärt.

Aussage Volker Munsch

(bitte nach Julia Kleiber in der Runde vortragen)

Ich bin Volker Munsch, wohne mit meiner Frau gleich in der Nachbarschaft und bin von Beruf Kriminalkommissar. Ich werde versuchen, heute Abend etwas Licht in die Sache zu bringen bzw. ich werde mit Ihrer Hilfe versuchen, ein oder mehrere Motive für die Tat zu finden. Natürlich haben wir ein ganz offensichtliches Motiv, es springt einen geradezu an: Das Motiv Geld! Johannes Petterson wollte Geld von seinem Bruder und soweit mir bekannt ist, wird am Montag bei einem Gericht ein Urteil erwartet. Die Aussichten standen für Johannes Petterson nicht schlecht, das hat sich mittlerweile herumgesprochen. Nehmen wir also an, das Urteil am Montag würde positiv ausfallen und Johannes Petterson bekäme das Geld zugesprochen. In diesem Fall gilt das Urteil auch für die Erben, d.h. mit dem Tod von Johannes ist die Forderung nicht aus der Welt, da er eine leibliche Tochter hat. Ich möchte dem Motiv Geld daher nicht allzu viel Gewicht verleihen. Andererseits kann es natürlich auch sein, dass der Täter diesen Umstand, nämlich, dass das Geld auch an die Tochter gezahlt werden muss, gar nicht bedacht hat. Das Ganze stellt sich für mich nach der Tatortbesichtigung auch mehr als eine Affekttat dar. Johannes Petterson wurde von vorne mit einem schweren Gegenstand erschlagen. Ich denke, er kannte den Täter, weil er ihn herein gelassen hat, es gab keine Spuren von Gewalt an der Haustüre.

Die Spurensicherung hat in der Wohnung einen Umschlag mit 10.000 Euro gefunden. Des Weiteren war ein Sparbuch vorhanden. Im Laufe der letzten 2 Jahre hat Johannes Petterson auf diesem Sparbuch insgesamt 60.000 Euro eingezahlt. Wir wissen bisher nicht, woher das Geld stammt. Es waren bare Einzahlungen. Kann jemand etwas dazu sagen? Vielleicht war dieses Geld auch der Grund für die Tat! Wir können das zumindest nicht ausschließen.

Hinweise Volker Munsch

Weitere Informationen für dich! Du darfst von all diesem Wissen in der Ermittlungsrunde Gebrauch machen! Wenn du etwas gefragt wirst, solltest du die Wahrheit sagen, denn du bist nicht der Täter und hast nichts zu befürchten.

Deine Situation:
Du hast ein Verhältnis mit Syke, obwohl du verheiratet bist. Daher kann dich der Harry Petterson überhaupt nicht leiden. Deine Frau Krimhild willst du nicht verlassen, aber von Syke kannst du auch nicht lassen! Es ist eine dumme Situation für dich! Für eine von beiden wirst du dich entscheiden müssen!

Wer hat ein Motiv und die Gelegenheit für diese Tat?
Definitiv fällt dir sofort Harry Petterson ein. Er wurde am Tatort überrascht. Auch wenn er es abstreitet; Harry hatte ein Motiv und er war am Tatort. Dies sollte für einen Haftbefehl reichen. Natürlich solltest du aber auch in andere Richtungen ermitteln.

Wichtig!
Julia Kleiber wurde heute Abend gegen 22:15 Uhr bei einer Polizeikontrolle im Dorf von dir angehalten. Du weißt daher, dass der Porsche auf sie zugelassen ist und nicht, wie alle vermuten, auf Dr. Ingwarsson. Sie ist Krankenschwester. Macht Dr. Ingwarsson ihr so große Geschenke oder ist sie viel wohlhabender als alle hier denken? Sprich sie darauf an!

Warum wollte Hetty ihren Sohn Heiko nach Australien schicken? Syke hat dir davon erzählt. Sie hat diese Reise gebucht, ohne dass Heiko davon wusste. Warum macht Hetty das? Frag sie danach.

Höre genau hin, wenn die anderen ihre Aussagen machen. Trage möglichst alle wichtigen Ergebnisse und Aussagen zusammen.

Und hier noch ein wichtiger Hinweis, den du den anderen gleich auch zur Kenntnis geben solltest:

Die Spusi informierte dich soeben:
Die Tatwaffe wurde im Schlafzimmer gefunden. Abgewischt, keine Fingerabdrücke.
Sie lag unter einem Stapel Pullover in einem der Schränke.

Nach den Ermittlungen schreibt jeder auf einen Zettel, wen er für den Täter hält und später wird der Fall gemeinsam aufgeklärt.

Aussage Hetty Petterson !
(bitte nach Volker Munsch in der Runde vortragen)

Was für eine Tragödie. Ich kann nur sagen, dass ich meinem Mann vorbehaltlos glaube; er ist zu so einer Tat nicht fähig. Der Täter muss von außerhalb kommen; der Eingang des Gästehauses liegt zur Rückseite gleich an der Straße. Da kann jeder vorbeigekommen sein. Früher, bevor Johannes auswanderte, waren wir eine tolle Landclique. Johannes, Harry, Knut und auch ich haben alles zusammen unternommen. Es war eine schöne Zeit. Jaba tut mir so furchtbar leid; zuerst verliert sie ihre Mutter und ihr Zuhause und jetzt noch den Vater. Sie muss noch einmal ganz von vorne anfangen und sollte vielleicht am besten zurück nach Amerika gehen. Ich werde Harry bitten, Jaba zu unterstützen, damit sie ein neues Leben in den Staaten beginnen kann. Um auf heute Abend zurückzukommen: Ich habe soviel Arbeit gehabt, dass ich kaum dazu gekommen bin, auf das Kommen und Gehen im Zelt zu achten. Harry, Johannes, Knut und auch die Kinder waren mal da - und dann wieder nicht. Wer sollte da einen Überblick behalten? Ich jedenfalls war die ganze Zeit über im Festzelt.
Eines möchte ich noch anmerken: Johannes hat die ganzen Jahre hier auf dem Hof nie getrunken. Warum heute? Kann jemand etwas dazu sagen?

Hinweise Hetty

Weitere Informationen für dich! Du darfst von all diesem Wissen in der Ermittlungsrunde Gebrauch machen! Wenn du etwas gefragt wirst, solltest du die Wahrheit sagen, denn du bist nicht der Täter und hast nichts zu befürchten.

Du warst vor seiner Auswanderung im Herbst vor 21 Jahren die Freundin von Johannes. Er bat dich seinerzeit, mit nach Amerika zu gehen, aber du hast den Mut nicht aufbringen können. Als er fort war, stelltest du fest, dass du von Johannes schwanger warst. In dieser Situation kam dir damals der plötzliche Heiratsantrag von Harry sehr recht. Er sollte aber nie erfahren, dass Heiko nicht sein Kind ist. Die ganzen Jahre war alles bestens, bis zu dem Tag, als Johannes plötzlich mit seiner Tochter Jaba vor der Türe stand.

Johannes hat dir schon nach kurzer Zeit auf den Kopf zugesagt, dass er der Vater von Heiko ist. Sein Schweigen hat er sich teuer bezahlen lassen. Du hast ihm mittlerweile fast dein gesamtes eigenes Geld gegeben; immerhin gute 70.000 Euro. Trotzdem wollte er noch die 200.000 Euro, die ihm angeblich aus dem Erbe zustanden. Er bekam den Hals nicht voll.

Heute Abend, nach dem Streit im Zelt, warst du voller Unruhe, dass Johannes seinem Bruder Harry die Wahrheit über Heiko noch am Abend sagen würde. Du bist daher mehrfach zum Haupthaus und später auch zur Wohnung von Johannes gegangen, um nach den beiden zu schauen. Du hast aber immer nur vor den Häusern gestanden und dich nicht hinein getraut.

Nun quält dich noch eine Sorge. Heiko ist ganz offensichtlich in Jaba verliebt; dabei ist sie doch seine Halbschwester. Daher hast du die Reise nach Australien für Heiko gebucht. Wenn das nicht klappt, muss Jaba unbedingt den Hof verlassen. Du magst sie sehr, aber Jaba und Heiko dürfen auf keinen Fall ein Paar werden.

Du hast mit der Erpressung ein handfestes Motiv für die Tat; aber du warst es nicht.
Wer kann Johannes getötet haben? Motive haben sicher auch andere Personen.

Jaba z.b. wollte ihrem Vater heute sagen, dass sie auf Landswede bleiben wird, auch, wenn er den Hof nach dem Prozess verlassen wird. Hat sie das getan?
Und wenn ja, wie hat er reagiert? Er war so betrunken, vielleicht hat sie ihn in Notwehr erschlagen?
Frag Jaba, ob sie es ihrem Vater heute gesagt hat.

Außerdem gibt sie ihrem Vater die Schuld am Tod der eigenen Mutter; es ist ja einiges passiert damals in Amerika auf der Straußenfarm.
Frag sie doch einfach mal, wie das damals war in Amerika. Vielleicht liegt auch in dieser alten Geschichte ein Motiv.

Nach den Ermittlungen schreibt jeder auf einen Zettel, wen er für den Täter hält und später wird der Fall gemeinsam aufgeklärt.

Aussage Hein Warke

(bitte nach Hetty Petterson in der Runde vortragen)

Moin moin. Ich bin ein Nachbar von Hetty und Harry. Heute Abend war ich, wie jedes Jahr, als Gast auf diesem Fest eingeladen. Wir Nachbarn helfen uns immer bei der Ernte, oder wenn was kaputt ist und wir laden uns auch immer alle ein, wenn es was zu feiern gibt.

Hier auf dem Land gibt es noch einen tollen Zusammenhalt.
Der Erstreit mit dem Johannes war eine riesige Sauerei. Wir haben uns ja alle sehr darüber aufgeregt.

Der Johannes ist damals sang- und klanglos verschwunden und hat Harry mit seinen alten Eltern alleine gelassen. Dass Landswede so dasteht wie heute, ist alleine dem Harry und der Hetty zu verdanken. Da gibt es nichts dran zu deuteln.

Hinweise Hein

Weitere Informationen für dich! Du darfst von all diesem Wissen in der Ermittlungsrunde Gebrauch machen! Wenn du etwas gefragt wirst, solltest du die Wahrheit sagen, denn du bist nicht der Täter und hast nichts zu befürchten.

Lieber Hein, du bist heute Abend vermutlich die einzige Person am Tisch, die ohne eigene Belastungen ermitteln kann.
Alle anderen haben ein kleines oder größeres Geheimnis zu verbergen und sind damit beschäftigt, dieses geheimzuhalten.

Höre genau hin, was die anderen aussagen! Oft gehen gute Ermittlungsansätze verloren, weil alle durcheinander reden!

Dem Volker Munsch kannst du aber ruhig mal ordentlich die Meinung geigen; du kennst seine Frau, die Krimhild. Das ist eine Nichte von dir. Es sieht doch wohl jeder, dass der Volker mit der Syke rummacht!

Versuche ein schlüssiges Motiv zu ermitteln und schau dir auch den Lageplan vom Hof genau an.
Die Frage ist: Wer hatte ein Motiv und wer von diesen Personen hatte auch die Gelegenheit zu dieser Tat?

Wenn du das herausfinden kannst, wirst du keine Probleme haben, den Fall zu lösen.

Viel Spaß!

Nach den Ermittlungen schreibt jeder auf einen Zettel, wen er für den Täter hält und später wird der Fall gemeinsam aufgeklärt.

Neutraler Beobachter
(bitte als letzter in der Runde vorlesen)

Ich nehme als neutraler und unabhängiger Beobachter an dieser Ermittlungsrunde teil.

Dies ist insofern von Vorteil, als dass ich sehr genau hinhören und aufpassen kann, denn ich bin nicht so befangen wie alle anderen am Tisch.

Der Mörder kann sich also darauf gefasst machen, dass ich die Person bin, vor der er sich am meisten in Acht nehmen muss.

Ich werde sehr genau darauf achten, was die einzelnen Personen aussagen und bin sicher, dass ich dem Täter auf die Spur kommen werde.

Geheimtext Neutraler Beobachter:
Weitere Informationen für dich! Du darfst von all diesem Wissen in der Ermittlungsrunde Gebrauch machen! Wenn du etwas gefragt wirst, solltest du die Wahrheit sagen, denn du bist nicht der Täter und hast nichts zu befürchten.

Auf den ersten Blick kommt es dir vielleicht etwas langweilig vor, keine eigene Rolle zu haben. Das ist aber auf keinen Fall so, denn du hast als einziger am Tisch den Kopf frei und musst dich nicht mit eigenen Motiven und dergleichen beschäftigen.

Einige der Personen, die hier am Tisch sitzen, haben ein kleines oder größeres Geheimnis - und diese Geheimnisse gilt es, herauszufinden. Oft gehen gute Ermittlungsansätze im Gespräch unter, weil neue Vorwürfe laut werden und das vorher Gesprochene in Vergessenheit gerät. Höre genau hin und versuche, jeder einzelnen Aussage auf den Grund zu gehen. Mach dir Notizen, wenn du etwas wichtig erachtest.

Sei darauf gefasst, dass du schon alleine wegen deiner Anwesenheit verdächtigt werden kannst. Verteidige dich vehement, denn du hast ja nichts getan. Überlege dir eine gute Ausrede, warum du überhaupt von dem Mord erfahren hast. Warum warst du vor Ort? Wer hat dich informiert? Verbünde dich mit einem der Beschuldigten und verteidige ihn vehement, aber nur mit jemand, den du selbst als Täter ausschließt!

Bedenke:
Die meisten Morde sind eine Beziehungstat und geschehen aus Eifersucht oder verschmähter Liebe. Aber auch die Gier darf nicht als Motiv unterschätzt werden. Der springende Punkt heute ist: Wer hatte ein Motiv, diese Tat zu begehen und wer die Gelegenheit?

Nach den Ermittlungen schreibt jeder auf, wen er für den Täter hält, und später lösen wir den Fall gemeinsam auf.

Auflösung:

Was konnte man herausfinden?

Hetty hatte vor der Auswanderung ein Verhältnis mit Johannes, aus dieser Verbindung stammt Heiko; dieser ist also nicht Harrys Sohn.

Als Johannes aus Amerika auf den Hof zurückkehrte, hat er Hetty dies bereits nach kurzer Zeit auf den Kopf zugesagt. Er hat sich sein Schweigen in der Folge teuer erkauft; Hetty hat ihm insgesamt 70.000 Euro gezahlt.

Als ob das für die arme Hetty alles noch nicht genug wäre, musste sie im Laufe der letzten Wochen feststellen, dass Heiko Interesse an Jaba hat. Da die beiden Halbgeschwister sind, wollte sie Heiko daher für lange Zeit nach Australien schicken.

Soweit zu Hetty.

Was konnte man noch ermitteln?

Jaba hat sicher erzählt, wie sie die Farm verloren haben. Eine Touristin war durch einen Unfall vor 4 Jahren auf der Farm ums Leben gekommen. Sie stürzte durch ein Geländer, welches nicht richtig befestigt war. Ihre Mutter hatte den Vater, Johannes, noch am Morgen auf das lose Geländer aufmerksam gemacht, aber Johannes hatte die Reparatur vergessen.

In einem Schadensersatzprozess wurde Johannes verurteilt, den Nachkommen dieser Touristin 3 Millionen Dollar Schadenersatz zu zahlen. Das war das Ende der Farm. Jabas Mutter nahm sich vor Verzweiflung das Leben und Johannes kehrte mit Jaba nach Deutschland zurück. Jaba hat ihrem Vater am Mordtag berichtet, dass sie nach dem Gerichtsurteil im Erbprozess nicht, wie er es erwartet, mit ihm nach Hamburg gehen würde. Sie sagte ihm, dass sie auf Landswede bleiben will. Daraufhin hat Johannes sich betrunken.

Dies ist die Geschichte von Jaba.

Die Krankenschwester Julia Kleiber ist sehr wohlhabend. Wem verdankt sie ihren Reichtum?

Sie sagt, sie hat ihre Mutter beerbt. Richtig ist, dass es ihre Mutter war, die damals in Amerika verunglückte und dass Julia die 3 Millionen Dollar Schadenersatz erhalten hat. Julia selbst hat erst bei Jabas nächtlichem Besuch vor einigen Wochen davon erfahren, wer Jaba ist. Damals hat Jaba ihr ja ihre Lebensgeschichte erzählt. Julia Kleiber hat ihr Wissen für sich behalten, noch nicht einmal Knut hat davon erfahren. Da ihr Jaba aber so leid tut, möchte sie diese künftig finanziell unterstützen.

Soweit zu Julia.

Knut hat Jaba nach dieser Nacht in Hamburg am nächsten Tag nach Hause gefahren und Johannes hat ihn dabei beobachtet, wie er Jaba am Hof absetzte. Seit damals dachte Johannes, Jaba habe die Nacht mit Knut verbracht. Jaba hat ihn einfach in dem Glauben gelassen, daher war Johannes so wütend auf Knut.

Soweit zu Knud.

Dies alles konnte man herausfinden. Was davon hat aber tatsächlich mit der Tat zu tun?

Julia sagt, sie ist am Abend mit dem Porsche herumgefahren. Das ist richtig. Sie wurde ja gegen 22:15 Uhr – also nach der Tat – im Dorf geblitzt.

Vorher war sie bei Johannes in der Wohnung. Sie wollte den Mann sehen, der ihre Mutter auf dem Gewissen hatte. Sie behauptet, sie habe die Wohnung nach kurzem heftigen Streit mit Johannes verlassen. Er habe zu diesem Zeitpunkt noch gelebt und sie sei sehr wütend gewesen und in der Folge viel zu rasch durchs Dorf gerast.

Harry behauptet, er habe Johannes schon tot in der Wohnung gefunden. Er sagte, er habe, als er die Treppe hinauf lief, einen Wagen wegfahren hören, der sich wie ein Porsche anhörte. Wir gehen davon aus, dass dies Julia mit ihrem Wagen war.

Sehen wir uns den Grundriss des Hofes an. Harry kam vom Haupthaus. Er muss Julia ganz knapp verpasst haben. Sie ging aus der Haustüre ums Eck zum Wagen und Harry kam demnach aus der anderen Ecke, ging ums Haus hinein und die Treppe hinauf.

Harry behauptet, er habe dann den toten Johannes gefunden. Er durchsuchte nach eigenen Worten die Wohnung nach dem Täter und wurde kurz darauf von Heiko im Schlafzimmer entdeckt. Harry sagt, er habe nachsehen wollen, ob dort im Schlafzimmer jemand war.
Heiko hat bereits von unten die Silhouette eines Mannes im Schlafzimmer gesehen.

Nun frage ich Sie:
Wenn man mal in einem Raum schaut, ob noch jemand in der Wohnung ist, reicht dann nicht ein kurzer Blick ins Schlafzimmer?
Richtig ist aber, dass Harry die Schränke durchsucht hat. Dabei hat Heiko ihn sogar überrascht. Was hat Harry dort gesucht oder getan?

Wir haben 2 dringend Tatverdächtige, nämlich Julia und Harry. Und wir haben ein sehr schmales Zeitfenster, in der die Tat geschehen sein muss.

Die Tatwaffe wurde von der Spurensicherung später im Schlafzimmer, in einem Schrank versteckt, gefunden.

Versetzen Sie sich in die Situation von Julia. Die junge Frau ist keine Kriminelle mit entsprechend abgebrühtem Nervenkostüm. Stellen Sie sich also vor, Julia hätte Johannes im Streit erschlagen. Wir können annehmen, dass sie danach erschrocken und panisch gewesen wäre. Hätte sie die Nerven gehabt, die Fingerabdrücke abzuwischen und die Waffe dann im Schlafzimmer, unter Pullovern zu verstecken?
Ist es nicht viel wahrscheinlicher, dass sie sie einfach hätte fallen-

lassen? Vielleicht hätte sie die Waffe auch mitgenommen und später aus dem Wagen geworfen.
Mit Sicherheit aber hätte sie sie nicht ins Schlafzimmer gebracht und dort versteckt.

Es war wie folgt:

Harry hat nach dem Streit einen Schoppen Wein im Haupthaus getrunken. Irgendwann ging ihm Johannes Satz: „Meine Linie wird immer hier auf dem Hof vertreten sein" durch den Kopf. Es ließ ihm keine Ruhe. Was hatte sein Bruder damit gemeint? Er ging über den Hof hinüber zu Johannes in die Wohnung. Im Treppenhaus hörte er tatsächlich den Wagen von Julia wegfahren. Er hat sie ganz knapp verpasst. Wie tragisch, hätte er Julia im Treppenhaus angetroffen, wäre es vielleicht nicht zu der Tat gekommen. So aber verpassten sich die beiden um Haaresbreite. Harry stieg die Treppe hinauf und stellte Johannes zur Rede. Dieser war immer noch stark angetrunken und erklärte Harry, dass Heiko sein Sohn ist. Dann erzählte er ihm noch, dass Hetty schon 70.000 Euro Schweigegeld an ihn gezahlt hat. Und ob das immer noch nicht genug wäre, griff er Harry an und begann eine Prügelei. Harry wehrte sich und hatte plötzlich die Statue in der Hand. Er schlug zu und Johannes fiel um, wie ein gefällter Baum. Harry wollte sofort die Wohnung verlassen, aber dann entschied er, kurz nach dem Geld von Hetty zu suchen. Er ging ins Schlafzimmer. Dort versteckte er die Tatwaffe, die er noch in der Hand hatte, unter den Pullovern. Heiko überraschte ihn kurz darauf, als er die Schubladen nach dem Geld durchsuchte.
Harry ist tatsächlich unser Täter.

ENDE

59

Nachwort:

Ein Jahr später entwickelte sich an einem sonnigen Tag folgender E-Mail-Verkehr zwischen Hetty und ihrem Sohn Heiko:

Lieber Heiko,
was wird dein Vater wohl dazu sagen, wenn er hört, dass du künftig Raps anbaust und den Spargelbetrieb aufgibst?

Antwort von Heiko:
Liebe Mutter, Vater hat mir den Hof übergeben, ohne Wenn und Aber. Für den Rapsanbau gibt es EU-Mittel, also macht euch mal keinen Kopp.

Antwort von Hetty:
Na gut, Junge, du musst wissen, was du tust. Hast du was von Syke und den anderen gehört?

Antwort von Heiko:
Liebe Mutti, die letzte Mail von Syke kam vor 3 Wochen. Sie lebt jetzt nahe Eyers Rock mit ein paar Aborigines in einer WG und lernt Didgeridoo zu spielen. Ich glaube, es war richtig, ihr mein Reiseticket zu überlassen. Sie scheint in Australien sehr glücklich zu sein. Knud und Julia haben letzten Monat geheiratet und befinden sich jetzt auf Bora-Bora in Flitterwochen. Sie bekommen bald ein kleines Knüdchen. Ich finde es wunderbar, denn Julia ist eine klasse Frau. Es ist doch großartig, dass sie Jaba die Straußenfarm zurück gekauft hat, oder? Volker ist jetzt von Kriemhild geschieden. Er ist nach Hamburg gezogen und betreibt dort eine Sicherheitsfirma. Hein Warnke hat bei ihm angeheuert. Soweit ich weiß, läuft der Laden recht ordentlich. Aber zu was ganz anderem: Wann kommt ihr zurück? Ich könnte euch hier sehr gut gebrauchen!

Antwort von Hetty:
Rechne mal nicht so bald mit uns; hier in Amerika haben wir uns gut eingelebt und Jaba braucht uns wirklich dringend! Sie schafft es alleine einfach noch nicht. Und weißt du was? Papa hat ein Feld gekauft, ganz hier in der Nähe. Und nächstes Jahr wird er Spargel, made in USA, anbauen! Ist das nicht großartig?
Alles Liebe, Deine Mutti.

Sie sehen, liebe Krimifreunde, alles ist gut!

Anmerkungen vom Haus Stemberg:

Mitte April - Juni ist Spargelzeit

Spargel hat immer „Saison" – irgendwo auf der Welt.
Wir sind aber der Meinung, man sollte den Spargel (und auch andere Naturprodukte) nur dann anbieten, wenn er bei „uns" Saison hat. Für die Spargelliebhaber ist somit April bis Juni die schönste Jahreszeit.

Wir bieten in unserem Restaurant nur Spargel an, der auf dem freien Feld gewachsen ist. Man muss der Natur nicht unbedingt nachhelfen, wir warten gerne etwas länger bis der Spargel frei geerntet werden kann. Auf dem Kuhlendahler Spargelfeld (bei uns gegenüber) wird auf Lehmboden angebaut, dieser Spargel ist besonders würzig und hat viele Mineralstoffe.

Eines unserer Lieblingsrezepte teilen wir gerne mit Ihnen - zum einfachen Nachkochen daheim. Oder kommen Sie uns doch direkt im Restaurant besuchen - wir zeigen Ihnen, wie vielseitig Spargel sein kann!

Haus Stemberg
Kuhlendahler Straße 295
42553 Velbert-Neviges
Tel. 02053 - 56 49, Fax 02053 -4 07 85

www.stemberg.tv

Rezept vom Sternekoch
Sascha Stemberg

Maishähnchenbrust auf zweierlei Spargelgemüse mit gebratenen Drillingen

Zutaten für 4 Personen:
4 Maishähnchenbrüste mit Haut & Flügel
Jordan Olivenöl
1 Zweig Rosmarin
Salz & Pfeffer aus der Gewürzmühle
6 Stangen grünen Spargel, angeschält & kurz blanchiert
6 Stangen weißen Spargel, geschält & blanchiert
16 Kirschtomaten – halbiert
16 Shi-Take-Pilze – halbiert
1 TL Estragonblätter – grob geschnitten
4 EL Creme Fraiche
2 EL Butter
16 kleine Drillinge- gewaschen & mit Schale gekocht

Zubereitung:
Die Hähnchenbrüste mit Salz/Pfeffer würzen, in Olivenöl anbraten, Rosmarinzweig zugeben & im Backofen bei 160 Grad ca. 12 Minuten garen.
Gekochte Drillinge in der Pfanne mit Olivenöl kurz anbraten und mit Salz aus der Gewürzmühle würzen.
Spargel in 3 cm Stücke schräg aufschneiden. Shi-Take-Pilze mit Butter im Topf anschwitzen.
Spargel, Kirschtomaten, Creme Fraiche und Estragon zugeben und das Ganze aufkochen und abschmecken.
Das Spargelgemüse verteilt auf 4 vorgewärmte Teller anrichten, obenauf die Hähnchenbrust setzen und Drillinge anlegen.

Guten Appetit!

Autorenportrait

Cornelia H.-Müller ist seit 2006 als Autorin tätig. Ihr Genre sind Mitspielkrimis, Kinderspielgeschichten und Theaterstücke.

Autorenkontakt über
glashauskrimi@glashauskrimi.de

Besuchen Sie Cornelia H.-Müller auf ihrer Homepage:

www.glashauskrimi.de

Weitere Bücher von Cornelia H.-Müller, erschienen im Edition Paashaas Verlag:

Krimiparty:
5 neue Fälle für Ihre Ermittlungen zu Hause
Edition Paashaas Verlag
1. Ausgabe, Mai 2011,
Paperback, 188 Seiten
ISBN: 978-3-9813928-8-3, Preis: 13,95 €

Entdecken Sie Ihren kriminalistischen Spürsinn!
Mithilfe dieses Buches können Sie zu Hause gemeinsam mit Ihren Familienmitgliedern und Gästen auf Tätersuche gehen. Sie ermitteln und befragen, Sie bewerten Tatsachen und Aussagen und Sie finden schließlich heraus, wer der Täter oder die Täterin ist.

Diese Krimis finden Sie in dem Buch:

Irrtum oder Absicht? - Für 5-7 Spieler
Mord in bester Gesellschaft - Für 6 Spieler
Muttertag - Für 8-10 Spieler
Mann über Bord - Für 7-10 Spieler
Feine Verhältnisse! - Für 7-10 Spieler

Altersempfehlung: 12 bis 99 Jahre

Krimiparty Sonderausgabe 1:
Plötzlich und erwartet

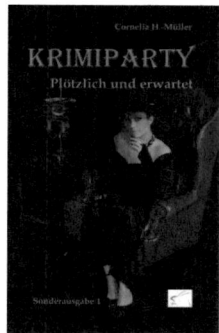

Ein Fall mit Kommissarin Henriette Kragenberg

Cornelia H.-Müller
1. Ausgabe, September 2012
Paperback, 72 Seiten,
ISBN: 978-3-942614-25-2, Preis: 7,95 €

Cornelia H.-Müller präsentiert einen weiteren Fall aus der beliebten Mitspiel-Krimi-Reihe Krimiparty:

Karl-Friedrich von Staffelberg, ein wohlhabender Gewürzfabrikant, lädt seine Familie und einige Freunde zu einem feierlichen Weihnachtsessen ein. Zum ersten Mal ist in diesem Jahr auch Karl-Friedrichs frischangetraute dritte Ehefrau, die junge und schöne Jaqueline, dabei.
Dies wäre kaum erwähnenswert, stünden nicht auch die beiden Ex-Ehefrauen des Fabrikanten, Irene und Monika, auf der Gästeliste. Zu alledem sieht sich der Gastgeber am Weihnachtsabend mit wirklich ärgerlichen Indiskretionen konfrontiert! Dennoch endet das Fest ganz harmonisch, doch am nächsten Morgen gibt es einen Toten in der Villa zu beklagen...

Helfen Sie mit, diesen mysteriösen Todesfall aufzuklären!

Mitspieler: 7 bis 10 Personen
Altersempfehlung: 12 bis 99 Jahre

Krimiparty Sonderausgabe 2:
Workshop mit Todesfolge

Ein Krimi aus dem Allgäu.

Cornelia H.-Müller
1. Ausgabe, Januar 2013
Paperback, 72 Seiten,
ISBN: 978-3-942614-39-9, Preis: 7,95 €

Cornelia H.-Müller präsentiert einen weiteren Fall aus der beliebten Mitspiel-Krimi-Reihe "Krimiparty":

Toni Burger führt gemeinsam mit seiner Frau Zenzia einen einsam gelegenen Sennerhof inmitten des wunderschönen Allgäus. An einem Wochenende trifft sich dort oben auf 1800 m eine recht gemischte Reisegruppe, um mit einem Fasten- und Meditationsprogramm dem Alltag, zumindest für kurze Zeit, zu entfliehen.
Ganz so friedlich wie die Wollschweine, die der Toni züchtet, ist die Gegend allerdings nicht, denn schon am zweiten Tag gibt es einen Toten zu beklagen.

Warum dieser sterben musste, was ein Wollschwein-Workshop unter Männern damit zu tun hat und warum ein Sylter Strandkorb auf einem Sennerhof im Allgäu steht... dies herauszufinden, wird Ihre Aufgabe sein.

Mitspieler: 7 bis 10 Personen
Altersempfehlung: 12-99 Jahre

Krimiparty Sonderausgabe 3:
Die Rache

A Thriller - für Ladies only.

Cornelia H.-Müller
ISBN: 978-3-942614-41-2
72 Seiten, Paperback,
Format 13,5 x 21,5 cm
Preis: 7,95 €
Neuerscheinung März 2013

Die Rache ist süß... und manchmal zartbitter!

8 Frauen treffen sich an einem Wochenende im November in dem einsam gelegenen Landhaus der schwerreichen Camilla von Strelitz. Dort, in den Highlands nahe Iverness, sorgen ein Stromausfall, ein durchgebrannter Gaul und ein Todesfall für reichlich Abwechslung. Ermitteln Sie mit, wenn wir versuchen, etwas Licht in diesen nebulösen Fall zu bringen.

Mitspieler: 7 bis 10 Personen
Altersempfehlung: 12-99 Jahre

Krimiparty Sonderausgabe 4:
MorgenGrauen

Ein Mitspielkrimi aus Bayern

Cornelia H.-Müller
ISBN: 978-3-942614-58-0,
Paperback, 68 Seiten,
Format: 13,5 x 21,5 cm
Preis: 7,95 €
Neuerscheinung November 2013

Lokalzeitung Wulfrathhausen:
Der Brauereibesitzer Konrad Weiblinger wurde bei einem Jagdunfall im Wulfrathshausener Forst tödlich verletzt.
Nähere Umstände zu dem tragischen Unglück sind bislang nicht bekannt. Der Unternehmer war weit über die Grenzen Bayerns hinaus bekannt und geschätzt. Besonders tragisch ist, dass Konrad Weiblinger am kommenden Montag die Münchner Immobilienhändlerin Susanne Schwammberger heiraten wollte...

Mitspieler: 7 bis 10 Personen
Altersempfehlung: 12 bis 99 Jahre

Alle Bücher sind unter: www.verlag-epv.de zu bestellen oder auch überall im Buchhandel erhältlich.